句集

アガパンサスの朝

川島由紀子

Kawashima Yukiko

朔出版

アガパンサスの朝

目次

第一章　アガパンサス

第二章　クレソンを摘んだ日

句集　アガパンサスの朝

第一章　アガパンサス

二七八句

ロダンの像

空青く叩いて二月の桜の木

熱っぽい耳熱っぽい座禅草

パソコンの起動待つ間の福寿草

東風吹いてちょっと空向く靴の先

イタリアの緑を編めば風光る

風光るホッケースティックのキーホルダー

抽斗も湖に開いて種物屋

風二月靴下に穴木に蕾

芽吹く木々ざらーりキリンの舌伸びる

うっかりと笑顔になりそう木の芽和え

こつの要る親父のジープ雁帰る

マリオネットの脚はぶらぶら鳥帰る

触れてみるロダンの像と草の芽と

カフカの椅子

転がってバトントワラー緑立つ

勾玉のかたちの湖緑さす

たけのこは月の光に濡れたまま

緑雨の夜駝鳥の卵の白い熱

缶蹴りの鬼のままです若葉して

柏餅末の弟から手紙
ずる休みして蛍袋の青の中
みずうみに足つっこんで若葉して

若葉風サンドイッチの角尖る

ジャングルジム虞美人草の明日は明日

新しい朝の雨音アガパンサス

薔薇咲いてカフカの椅子に一眠り

羊水の記憶ブナの木若葉して

ある晴れた日に青葉の中を行く柩

マンボウ見た目

アカショウビンの嘴の先俳句の日

花火音八つ聞いたら羽生えて

みずうみの長い一瞬遠花火

草ひばり透明瓶の回収日

台風を待つ午後一人ルージュひく

星座盤まわす音萩ひらく音

朝顔の紺の勇気に水をやる

アトランタから電話稲から朝の露

無花果の窓にヨットの帆が上がる

ワニの口アヒルの口して無花果を

土壁のほろりと崩れ鬼やんま

葉鶏頭鍵だけ残る母の家

柘榴の実割っても割っても母の顔

蒲の絮射手座の放つ矢を受けて

星屑の匂う夜道の金木犀

秋澄んでマンボウ見た目と雲見た目

耳の奥まで

黒牛の逆三角形冬が来た

柔らかい息でペンギン冬はじめ

枯蓮パウル・クレーのカーニバル

今朝の冬コーヒー豆はモカにしよ

石蕗咲いて地球の芯が見たくなる

石蕗咲いてエスプレッソと創世記

毛皮着ていてもムンクのあの叫び

あの風の拳骨プラタナス落葉

雪降れば雪の匂いの髪とかす

勾玉の眠る湖底よ冬の空

みずうみは耳の奥まで青い冬

箱を開ければ
始めます雀の鉄砲鳴ったから
三月の恋や愛やら原生林

お雛様久しく並び前を見る

立ち雛の遠いまなざし海の町

少年のぽつりと座る雛の部屋

少女の像がスキップしそう春の雨

啓蟄の少年ひょいと木に登る

水温むラッコが貝を割る練習

啓蟄や道路をまたぐビル建つ日

パン焼いて駆け落ちの話桃の花

止まらない電動歯ブラシ鳥帰る

芽吹く木々仰いでアミダくじ引いて
早春の船乗りの肩にアコーディオン
キャラメルの箱を開ければ春夕焼

心と青蛙

まっすぐな孤独の羽音かなぶんぶん

鮎食べて森の匂いの背骨かな

空豆のスープにスプーン湖に橋

夏の雨斜めに降ればサリンジャー

空豆の茹で方人の別れ方

窓枠をはみ出す時間青葉雨

走り梅雨ウーパールーパー砂を蹴る

梅雨の空シャンパンブルーの雑貨店

青梅雨をくるりと回す父の椅子

梅雨晴間妖怪図鑑開けたまま

約束は破るものです梅雨晴間

ダンサーの靴に釘打つ梅雨明ける
ぴょんと跳ぶぴょんぴょんと心と青蛙

さざなみになる

今朝の秋背中の翼に風とおす

ユトリロの白い街角曲がり秋

すいと来て今もすいっとすいっちょ
秋日和テーブルクロスに皺ひとつ
百面相は鏡の中に野分晴れ

袖口で拭う一言りんごの香
さすらいは煮詰める林檎の匂いから
ホントはって言いそうになるりんご剝く

空の傷集めてりんご蜜を抱く

明日明日明日の話黒ぶどう

爪に月空にふたご座流星群

木の実降るターザンの綱降りてくる

鮭のぼる胸の小川の波立つ日

朝市のいんげんに筋ひとに筋

寝顔ならゴマフアザラシ秋日和

地図閉じて秋の清水に手を入れて

踝のさざなみになる秋の湖

雪晴れの
あした会う約束をするシクラメン
時雨きて湖の真珠の育つ頃

妹の鼻とぶつかる枇杷の花
嫌いじゃないジグザグじたばた花八手
刻んじゃえ朝のギザギザにんじん葉

みずうみの白鳥当番鴨当番

小春日の目薬ぽとり口開けて

木版の傷を愛して冬の月

ひっぱってシーツと小皺と冬夕焼

眠れない冬三日月に引っ掛かり

雪晴れのメタセコイアのせいにする

くちびる噛んだ
木々芽吹くカタンと動くサイの牙
ままごとの鍋が焦げてる菜種梅雨

飛んでゆく回転木馬春の宵

春夕べ磯の香りの文庫本

野蒜摘み齧ってわたし半透明

月光の地図を広げる沈丁花
月朧人魚たちいるステンドグラス
かたくりの咲いて暗がり柔らかく

明日からの手紙が届く白木蓮

春蘭の音を拾って調律師

シャム猫の死んだふりして朧月

朧夜の織部の茶碗の口ぐにゃり
錨抱く朧月夜の匂い抱く
カシニョールの帽子飛ばされげんげの野

春愁のくちびる噛んだ湖晴れた

虹の匂い

道連れは胡瓜一本湖の空

船頭の声傾けば夏の蝶

浮巣見て風見て帰るおから炊こ

樗咲く湖底に翼置忘れ

日盛りの祇園囃子に濡れている

いつまでもけんかともだち鱧の皮

夕焼けを引っ張るボート櫂揃え

肩組んでいても一人の缶ビール

湖の勇気のかたちヨットの帆

真桑瓜ゼロ発見の物語

雑巾をぎゅぎゅっとしぼる原爆忌

南風森の楽器になりたい日

青林檎いつか月から見た地球

地下画廊虹の匂いの人と会う

トルコ石

指笛はすすきを分けてきた風だ

金木犀知らない町のバスに乗る

コスモスの左みずうみ右哀愁
左心房ざわわざわわわわざくろのみ
梨噛んでふっとエーゲの海零れ

秋の虹バックパックに背負われて

樹木医のタクシードライバー小鳥来る

曲がらないスプーンと君とかりんの実

栗ご飯ぴくりと動く君の眉

追いかけて迷ってアリス通草の実

蓑虫のゆらり赤ちゃん自己主張

鳥渡る乗り間違えたバスの窓

本開く私を開く秋のカフェ

疑心ならザボンの皮と刻んだわ

鼻に穴鍋に手ふたつ文化の日

柿日和キッチンノイズ我がノイズ

凸と凹でこぼこ歩く柿日和

ハロウィンのパイと淋しさ焦がす音

湖の秋思ころんとトルコ石

白鳥が来る

初雪の青さガラスのペンの先

絶望をくるむセーター湖晴れる

かきまぜる汽笛とポトフ冬日和

二日目のすき焼き食べて聞く話

葉牡丹のジョーカー一枚開く午後

背伸びするガラスの子犬雪の朝

枯野来て耳は獣の熱放つ

セーターに多肉植物抱く女

着膨れて飛べない駝鳥とわたくしと

シリウスの三角定規抱いて寝る

雪うさぎわたしも少し溶けかけて

白鳥が来る日の帽子ありますか

さくらさくら

釉薬のつくる凹凸桜東風

桜咲きそう口内炎できそう

さくらさくら足りないピースありそうな

花冷えのペットショップの子犬の目

少年の脛毛の匂い桜の夜

沖島

桜二分胸鰭こする淡水魚

舟傾ぐ沖島傾ぐ桜二分

花冷えの路地をえび豆炊く匂い

風を見て空見てわたしと残り鴨

さくらさくら天然水のからだかな

花冷えの椅子にくつ下ポケットに穴

どきどきもど忘れもまた桜咲く
謎は謎わたしはわたし桜咲く

遠雷の
もう三日天道虫が来ていない
夕焼けは湖面ひっかく傷の痕

寝違えて背筋首筋グラジオラス

身の内に沢蟹飼っている女

三日月のひ孫の私バナナ剥く

立葵尾骨の先端伸びたがる

喧嘩して二の腕生き生き水を打つ

夕立の向こうスマトラトラの欠伸

すれ違う雷雨の匂いとブルドッグ
長茄子と愛を少々乱切りに
とんかつを揚げる音梅雨明ける音

雨歩くもりあおがえるから手紙
夏の宵星のかたちに寝転んで
遠雷のメタセコイアと歩いた日

月欠けて
ぶつかって飛んで私と赤い月
鉄道の忘れ物市月が出た

ぶった切ったる鮒鯉ササゲ十六夜

月白のカッパの頭白い皿

鯉炊けばみんなで猫になる月夜

月の雨ギタリストの指あふれだす

月光はアルハンブラから雨の湖

捨て舟のラピスラズリになる月夜

ひょいと月ひょいと盗んで団子かな

セロ弾きのゴーシュ来ている月の湖

欠けている月とヴィーナスの片腕と

朗読のやわらかい息赤い月

月欠けてシーラカンスと眠りたい

グラスをひとつ

数え日をホテルの紅茶かきまぜて

雑煮餅しっかり噛んではにかんで

初喧嘩グラスをひとつ割るくらい

春著着てたっぷり泣かはる笑わはる

ふつつかな二日ふわふわ湖の雲

負けん気の肩にフリースふわり雪

わたしぐずぐずおでんぐつぐつ煮える午後

白菜の芯の狂気をひょいと抱く

仙人の白い夢見た百合根剝く

皿割れる寒夕焼けの音たてて

寒月光不揃いの目のおろし金

湖に雪大きく吸って吹くガラス

水に浮く

やどかりは不安ふんわり脱ぎ捨てて
クローバーの野に転ぶとき潮騒が

花冷えのアンクレットの鈴の音

藤の棚ティンカーベルと待ち合わせ

プードルは右向く藤は左巻き

悩みいっぱいバケツいっぱいフリージア

くじ外れもらった胡瓜の種袋

みんな蝶グレープフルーツ花盛り

キッチンの浅蜊の闇が膨らんで
花冷えやロシアンティーのジャム多め
踏切を並んで待って春夕べ

畦歩く野蒜のような友情と
うつむける盲導犬の鼻に春
クロッカス指を鳴らしてグッドバイ

ぽっかりと水に浮く町揚雲雀

旅鞄紋白蝶について行こう

ルソーの森

岩塩を振れば夕焼け列車来る

踊り子はベネチアングラス夏座敷

積乱雲シュークリームは売り切れて

シャツ出した蟻はあの日の弟か

ガーベラよアフリカ象の耳に風

バオバブの花下に弱気なブルドッグ

エッシャーの階段のぼる夏つばめ

夕焼けの続きのような葉書来る

尖って胡瓜のしっぽになりそうだ

海の日の地球を拾う石拾う

海の日の大きな足の父といる

叱られてひまわり畑のサキソフォーン
シャワー浴びルソーの森の風吹いて
切っ先は明日に向けて鰺ひらく

晩秋の木

輪読の『墨汁一滴』露一滴

人に臍あんパンに臍獺祭忌

子規忌来る夜空に火星手にあんパン

スケボーの少女跳ぶ空糸瓜咲く

柿食べて宇宙の果ての小惑星

水鳥のかたちの埴輪霧晴れる

アリクイの脱走する日文化の日

ダンサーの右手左手蔦紅葉

青い空友情のジュレ柿のジュレ

人に煩悩茶碗蒸しに銀杏

真っ白なギター預かる木の実降る

オルゴールドールの乱かも秋の夜

ささくれの指からふっと秋の虹

晩秋の木に寄りかかろぶらさがろ

小春日の化石の時間手から手へ

旅人になる

旅はじめ海の匂いの切符買う

雪が降る帽子に鳥の羽根つけて

負けん気と寒気ぶつかるイヤリング

斬られ役すっくと立って水仙花

輪読の輪と水鳥の水の輪と

瘡蓋は地球のかけら雪催い

白菜の溢れる時間外へ外へ

三十分遅れる電車日脚伸ぶ

日脚伸ぶ海を渡ってきた人と

版画家のすっと現れ春隣

琵琶湖まで三十メートル春隣

冬木の芽旅人になる版画展

第二章　クレソンを摘んだ日

一五六句

雲の手紙

冬萌えの空を歩けばディジュリドゥ
枯葦のひかるつづきを歩く朝

足崩し蕪崩して飲むスープ

窓にペガサス私にしっぽ春隣

春キャベツピーターラビットの前歯二本

恋泥棒の隠れ家かしらチューリップ

初蝶の来る窓卵ポンと割る

つくしつくしカレーうどんを食べ尽くし

藤咲いてわたくしが雲だった頃

柳絮とぶ猫も私もほどけゆく

南仏の青を一本引いて夏

まるごとチン新玉葱と魂と
遠くなる母はいつしか青岬
夏薊雲に君の名つけて呼ぶ

海の日のコントラバスの背中揺れ

つんつんあの子蒲の穂絮のつっけんどん

寄り道はちょっと痛くて金木犀

梨嚙んで雲の手紙を読んでいる

デコポン

足の指ひろげて摑む春の水

二月の木恐竜少女来て叩く

初蝶の窓にこつんと初キッス

億光年の宇宙の話木の芽和え

春ショール翼になって海の風

陽炎は我が掌に野の草に

新しく昨日今日明日青木咲く

豆ごはん炊いて活断層の上

紫蘭咲く知らない人と会う明日

花菖蒲すっくと立って水を咲く

ピカソ的青鷺と目が合ってから

コンビニの私と西瓜畑の猿と
蜜柑剝くデュフィの窓の海の青
もがり笛小鬼の少女駆けてくる

雪の朝ミントキャンディ舌の上

水仙の咲いた日空が好きと母

空っぽの心ぽぽぽぽ冬菫

凸凹の口論デコポン転がって

モナリザの唇

早春の上目遣いのオットセイ

てのひらに初蝶乗せて風乗せて

立ち漕ぎの朝のブランコに乗る未来

叱られた肩に天道虫乗せて

夕暮れのロッキングチェア花水木

宙を飛ぶピザ生地泰山木の花

ほととぎす鳴く夜木目にある山河

半夏生人魚に戻る足の先

海の日の海の浮力を足の裏

肩に蜘蛛ゼウスに恋の物語

花火音届く胃の底空の底

初秋の旅に出たい木プラタナス

ハーブティー書き足す黒板小鳥来る

パレットに青のいろいろ二百十日

野ぶどうを摘んだ日友と出会った日

モナリザの唇ひらく通草の実

マフラーを闇に投げれば火の匂い

人日のデニムの青を裁ち始め

にんじん色の湖の朝焼け足すポトフ

図鑑広げて

きらめいて地にいぬふぐり人に意地

新緑のメタセコイアよ肺二つ

初夏のパンケーキ切るヨットの帆

五月の木クラリネットになりたい木

新樹光ブルーチーズのひとかけら

トロンボーン伸びて縮んで青葉風

肉まんの臍のきゅんきゅん日雷

キーボード小鳥の爪が叩く秋

鳥渡る箱にふたつのモンブラン

野茨の真っ赤な実から船出する

秋の湖青い目の猫抱き上げる

山鳩の湖霧を呼ぶ朝の窓

秋の窓開けて夕焼けクラブ員

雪蛍ちびた鉛筆匂う午後

冬薔薇のためらいモカの湯気立てて

賑やかだ山茶花山茶花ひとり行く

寒の月ピザの焦げてる端が好き

春隣図鑑広げてドードー鳥

クレソンを摘んだ日

旅に出るヒヤシンスの青香るから
少しずつ死にゆく人と芹雑炊

クレソンの育つ水辺は教えない
流氷に会いたくなったらＤＩＹ
哀しみのどこか光るよクレソンも

戦争のニュース桜パン齧る

雷ひとつバウムクーヘン穴ひとつ

微笑を秘めてるマスク大雪渓

初秋の友の別れはポプラの樹

無花果はタルトに橋は湖空に

秋の蝶くすぐったくて曲がる川

秋の橋返しそびれた文庫本

半月のソクラテス達パンパスグラス

柿日和猫のしっぽになる私

時雨から始まる木管五重奏

木枯らしに耳ポタージュの皿に耳

鮫の歯の化石を拾う水平線

仮縫いのクロスステッチ春隣

クレソンを摘んだ日雲を見上げた日

蜜柑の匂い

ポケットの青い石ころ梅ふふむ

雲ひとつちぎってレタス放つ水

いぬふぐり青いね明日へ続く道

ライオンの橋ぬけぽつん春の雲

後悔は隠し味です春チャーハン

啓蟄のおたふくソース買いに出て

ブタ玉のかつぶし跳ねる木の芽風

言い負けてまた手を伸ばす桜餅

マザーツリーゆらり柳の花ゆらり
すみれ咲くエッフェル塔はペンの先
回り道ふっときらっと蛇苺

夏雲を泳ぐマンボウのおちょぼ口

夏至の日の光乗っけてロールパン

木を植えるさすらい人よ夏の雨

ジューンドロップシフォンのシャツをさっと着て

山のカフェ夏茱萸三つ食べてから

捩花のふわりねじれて風に穴

投げ渡すパッションフルーツ夏の風

蟬の木の静かな午後に会いに行く

水遣りのホースさすらう夏の夕

ウェールズを旅する友よ藤袴

バゲットの焦げ目紅葉のグラデーション

綿虫の青い浮力よ夕間暮れ

月の駅クラインブルーの雪だるま

初メールガラパゴスからアシカから

冬木の芽クラリネットのファ透きとおる

口論のふっと蜜柑の匂いする

道ばたの自由

火の玉の地球に住んで雪の朝

粉チーズぱぱぱっと振る山眠る

みかんみかんサグラダファミリア未完成

焼き芋はふふふはふはふ百面相

夕焼けの海が始まるトマト鍋

バウムクーヘン分厚く切る日鳥帰る

湖空と指切りげんまん雨蛙

どうでもいい話をしよう合歓咲いて

八月のてぶらあしぶら会いに行く
桃食べてふわっとからだ浮く感じ
水ぷくりまあるい窓の浮かぶ秋

毬栗の尖った青にちょっと寄る

秋の川さわるみたいにシャツ選ぶ

熟したらちょっと冷やしてメロンと愛

フランスパン長くてあっと秋の虹

野菊咲く道をはみ出しうすむらさき

道ばたの自由を揺れる猫じゃらし

ズッキーニ

小鳥来るシンガポールの皿にパン

どんぐり拾う青空の音拾う

南天の赤い実宮沢賢治星
捥ぎたてのレモン爆弾投げ合って
蟹鍋のみんな無口な海賊だ

寄せ鍋のしめのうどんの志

右胸のポケットの穴春の雪

弱音ふぁーふあふあタイム牡丹雪

磯巾着ひらく弱味をみせながら

草萌える屋根に空向くスヌーピー

春の旅片手にレモンイエローを

たらの芽を噛めば他人でいられない

桜咲く湖に開いてパン工房

アスパラガスをさっと湯がいて来た人と

寝坊してふあっとわたし春キャベツ

海の絵本開くジャスミン窓に咲く

ドアベルを二回鳴らして青田風

青葉若葉未知のページをめくる風

ぶきっちょでぶっきらぼうでズッキーニ

ピカソ的夕焼雲にちょょっと寄る

句集　アガパンサスの朝　畢

あとがき

『アガパンサスの朝』は、私の第二句集です。二〇一〇年刊行の第一句集『スモークツリー』以後、二〇二〇年六月の「船団」散在までを第一章（二七八句）とし、「船団」散在以後二〇二四年六月までを第二章（一五六句）として、合わせて四三四句を収録しました。句集名は「新しい朝の雨音アガパンサス」に由来します。アガパンサスは、私が幼い頃住んでいた家の庭に母が植えた花でした。

思えば、私の俳句は詠むときも、また読むときも仲間と共にありました。ある「俳句講座」が閉鎖になった時は、その時のメンバーと俳句グループ「MICOAISA」（講師：坪内稔典）を結成しました。そして、子規の『俳諧大要』、『墨汁一滴』、『病牀六尺』、『仰臥漫録』等の輪読と句会を仲間と続けていくうちに、いつしか俳句の言葉は、アートの言葉になっていきました。

「船団」入会後は、秋には「田ステ女記念館」のある丹波市へ、また「蕪村特集」の時には丹後へ、また子規の松山等々、仲間とよく出かけました。「阿波野青畝を読む会」（講師：坪内稔典）では、毎回、青畝ゆかりの堅田、奈良、京都、西宮、比叡山、琵琶湖、京丹後等に出かけて、皆で青畝の句集を輪読しました。「びわ湖俳句塾・芭蕉（猿蓑）を読む会」（講師：坪内稔典）では、『猿蓑』に琵琶湖周辺の句が多く所収されていることから、旧琵琶湖ホテルのびわ湖大津館で、『猿蓑』を皆で輪読しました。遠い昔の江戸時代の人であっても、その句を読めば心がぐっと近くなり友達になれそうと感じることもありました。また、琵琶湖を巡りながらの吟行句会も思い出深いものでした。そんな「びわ湖俳句塾」のメンバーの中から、堅田浮御堂の十六夜句会が生まれ、「びわこ句会」が生まれました。仲間の中で俳句を作り続けることは、自分を客観視することに繋がり、季語（季節）に向き合うことで、自然に心を開いてゆけば、ちっぽけな自分であっても心が広々してきました。

今ちょうどテレビの画面に、パリオリンピック２０２４の開会式の様子が流れています。セーヌ川の波の上の舞台では、炎に包まれたピアノの伴奏でジョン・レノンとオノ・ヨーコさん共作の「イマジン」が流れてきました。「易しい言葉」で語り掛けるその歌詞は、俳句が好きだというふたりのユートピアであり、平和への願いです。今後は平和の象徴のハトと同じように、オリンピックの開会式のたびに演奏されるというアナウンスがありました。国と国との戦争も人と人との諍いも、一向に無くなりそうもない現実にあっても、新しい朝の雨音と共に咲くアガパンサスの希望を、忘れないでいたいと思います。

本屋で見つけた本が出会いだったねんてん先生は、私にとって常に大きな河馬のような存在です。本句集出版にあたり、ねんてん先生はじめ句座を共にしてくださった多くの句友の皆様に心から感謝いたします。

この句集上梓にあたり、朔出版の鈴木忍様に大変お世話になりました。ありがとうございました。

二〇二四年七月

川島由紀子

著者略歴

川島由紀子（かわしま ゆきこ）

1952年9月6日　東京都生まれ。

1987年　作句開始。

2000年　俳句講座（講師：坪内稔典）に入会。

2002年　俳句グループ「MICOAISA」（講師：坪内稔典）結成。俳句とエッセイ集「MICOAISA」編集（2017年まで隔年発行）。

2004年　「船団の会」（代表：坪内稔典）に入会。

2007年　「阿波野青畝を読む会」（講師：坪内稔典）。第一回（2007年6月21日・堅田浮御堂）から第十九回（2012年6月15日・東福寺）まで。

2010年　第一句集『スモークツリー』（創風社出版）により第60回滋賀県文学祭文芸出版賞を受賞。

2012年9月　「びわ湖俳句塾」芭蕉（猿蓑）を読む（講師：坪内稔典）。

2012年10月　第一回十六夜句会（～2019年9月第八回）。

2013年1月　「びわこ句会」発足、代表。

2019年　『阿波野青畝への旅』（創風社出版）刊。

2020年6月　「船団の会」散在。

2023年5月　「窓の会」発足、常連となる。

2024年9月　第九回十六夜句会。

現在：「窓の会」常連。「びわこ句会」代表。

ブログ：https://ameblo.jp/aoisakanatachi96

現住所：〒520－0241 滋賀県大津市今堅田2丁目6－18

句集　アガパンサスの朝《あさ》

2024年10月23日　初版発行

著　者　　川島由紀子

発行者　　鈴木　忍

発行所　　株式会社 朔《さく》出版
〒173-0021　東京都板橋区弥生町49-12-501
電話　03-5926-4386　　振替　00140-0-673315
https://saku-pub.com　　E-mail　info@saku-pub.com

装　丁　　奥村靫正・星野絢香／TSTJ
印刷製本　中央精版印刷株式会社

ISBN978-4-911090-21-3　C0092　￥2000